TABLEAUX ANCIENS

Collection A. A.

CATALOGUE

DE BONS

TABLEAUX

ANCIENS

AU NOMBRE DESQUELS

Deux très beaux portraits attribués à **HANS HOLBEIN**
Un charmant portrait de jeune femme, par **J.-B. GREUZE**
Une importante composition de **L. DE MARNE**

Provenant de la Galerie San Donato

Une œuvre remarquable de **H. FRAGONARD**

Représentant le Sacrifice de la Rose

Trois belles compositions attribuées à **P.-P. PRUD'HON**

DÉPENDANT DE LA SUCCESSION DE M. A. A.

ET AUTRES ŒUVRES DE VAN EGMONT
VAN GOYEN, VAN KEULEN, BOUCHER, VAN DER HEYDEN
S. BOURDON, COYPEL, DE MARNE, VAN FALENS
MAAS, MIGNARD, HATTIER, J. RUYSDAEL, STORK, TOURNIÈRES
J. VERNET, ETC

DONT LA VENTE AURA LIEU

HOTEL DROUOT, SALLE Nº 8

Le Vendredi 31 Mars 1882, à 3 heures.

COMMISSAIRE-PRISEUR

Mᵉ PAUL CHEVALLIER, Succʳ de Mᵉ CHARLES PILLET,

10, RUE DE LA GRANGE-BATELIÈRE, 10 ;

EXPERT : M. E. FÉRAL, 54, Faubourg Montmartre.

Chez lesquels se trouve le présent Catalogue.

EXPOSITIONS

PARTICULIÈRE	PUBLIQUE
Le Jeudi 30 Mars 1882	*Le Vendredi 31 Mars 1882*
De 1 heure à 5 heures.	Jour de la vente, de midi à 3 heures.

CONDITIONS DE LA VENTE

Elle sera faite au comptant.

Les adjudicataires payeront *cinq pour cent* en sus des enchères.

DÉSIGNATION

BEAUDOUIN

(D'après)

1 — *La Sortie du bain.*

Toile. Haut., 24 cent.; larg., 20 cent.

BEYEREN

(ABRAHAM VAN)

2 — *Poissons jetés sur la plage.*

Un saumon, des soles, des limandes, des tur-
bots à terre ou dans des paniers renversés ; dans
le fond, des monticules et un village au centre
duquel est une tour en ruine.

Toile. Haut., 1 m. 18 cent.; larg., 1 m. 75 cent.

BOUCHER
(FRANÇOIS)

3 — *Fruits.*

Des pêches et des raisins posés sur un banc de pierre, auprès d'un vase de fleurs.
Bonne étude signée et datée 1757.

Toile. Haut., 73 cent., larg., 55 cent.

BOUCHER
(Attribué à F.)

4 — *Vénus sur les eaux.*

La déesse est étendue, des tritons et des naïades sont auprès d'elle ; des petits amours voltigent tenant une draperie.

Toile. Haut., 61 cent.; larg., 78 cent.

BOUCHER
(Attribué à F.)

5 — *Des jeunes femmes sont occupées à transporter un jeune homme blessé : au second plan, un char.*

Esquisse.

Toile. Haut., 53 cent.; larg., 37 cent.

BOUCHER

(Genre de F.)

6 — *Vénus et l'Amour.*

Assise au pied d'un arbre, elle a le doigt sur la bouche en regardant l'Amour étendu auprès d'elle jouant avec ses colombes.

Toile. Haut., 65 cent.; larg., 75 cent.

BOUCHER

(D'après F.)

7 — *Satyres surprenant des nymphes endormies.*

Toile. Haut., 82 cent.; larg., 65 cent.

BOUCHER

(D'après F.)

8 — *Jeune femme étendue sur un divan.*

Toile ovale. Haut., 36 cent.; larg., 45 cent.

BOURDON

(SÉBASTIEN)

9 — *Le Corps de garde.*

Des soldats chantent ou boivent, l'un d'eux
courtise une jeune femme qui pince de la guitare,
d'autres, assis sur le sol, jouent aux cartes ; à
droite, des armures et un drapeau appuyés au
mur.

Bois. Haut., 55 cent.; larg., 44 cent.

BRIL

(PAUL)

10 — *Diane et ses nymphes surprises par Actéon.*

Bois. Haut., 34 cent.; larg , 42 cent.

CHALL

11 — *Le Matin.*

Une jeune femme couchée sur un lit de repos
caresse un chat blanc ; à droite, une toilette sur
laquelle est perché un perroquet.

Charmant petit tableau de l'artiste.

Bois. Haut. 16 cent.: larg., 21 cent.

COQUES
(GONZALÈS)

12 — *Portrait de jeune homme représenté en buste.*

Cheveux blonds bouclés; collerette rabattue bordée de guipure, vêtement jaune avec broderie d'argent.

Fine et belle peinture du maître.

Cuivre. Haut., 9 cent.; larg., 6 cent. 1/2.

COYPEL
(CHARLES)

13 — *L'Enlèvement d'Europe.*

Esquisse.

Toile. Haut., 52 cent.; larg., 70 cent.

DE MARNE
(LOUIS)

14 — *La Foire de Makarieff.*

Les populations des diverses provinces de la Russie viennent en grande influence à la foire de Saint-Pierre et Saint-Paul, qui se tient annuel-

*

lement à Makarieff, dans le gouvernement de Nijni-Novogorod, au bord du Volga.

Tout l'esprit de de Marne est renfermé dans cette composition remarquable par la vie, le mouvement, la quantité innombrable de figures qu'elle renferme, la variété et la vérité des types et des costumes.

Galerie de San Donato.

Vente de 1870.

Toile. Haut., 60 cent.; larg., 87 cent.

DE MARNE
(LOUIS)

15 — *Le Vieux Moulin.*

Des femmes lavent au bord d'un cours d'eau, sous des saules, pendant que d'autres étendent le linge au soleil dans une prairie. A gauche, un bûcheron dans un bateau fend un arbre mort : à droite, le vieux moulin et des animaux au repos.

Bon tableau, signé en toutes lettres.

EGMONT
(JUSTUS VAN)

16 — *Le Recteur du couvent des Facons, à Anvers.*

De grandeur naturelle, vu à mi-corps, les

mains jointes, en prière ; devant lui, une tête de
mort et un Christ en croix posés sur une table.
Belle peinture digne du pinceau de Rubens.

Bois. Haut., 75 cent. ; larg., 57 cent.

FALENS
(VAN)

17 — *L'Abreuvoir.*

Trois cavaliers conduisent leurs chevaux au
bord d'une rivière ; l'un d'eux tient par la bride
un cheval blanc qui se cabre, une femme et un
enfant sont effrayés ; sur la droite, une femme
lave du linge et deux cavaliers font boire leurs
chevaux.

Bois. Haut., 38 cent.; larg., 48 cent.

FRAGONARD
(HONORÉ)

18 — *Le Sacrifice de la rose.*

Gracieuse composition connue par la gravure.
Belle peinture du maître.
Beau cadre en bois sculpté.

Bois. Haut., 51 cent.; larg., 41 cent.

FRAGONARD

(HONORÉ)

19 — (Danaë.) ~~Femme nue~~

> Elle est vue de dos, étendue sur un lit de repos ;
> au fond, un rideau en soie rose.

> Toile ovale. Haut., 16 cent.; larg., 17 cent.

GIORDANO

(LUCA ?)

DEUX PENDANTS

20 — *La Vierge et saint Joseph ayant devant eux l'Enfant Jesus endormi.*

La Charité, sous la figure d'une jeune femme représentée assise avec trois enfants et donnant le sein à l'un d'eux.

> Fresques de formes rondes.

> Diam., 1 m. 15 cent.

GOYEN

(JAN VAN)

21 — *Rivière de Hollande.*

Au premier plan, des pêcheurs dans un bateau,
l'un d'eux met des poissons dans un panier; sur
la rive opposée, de grands arbres et quelques mai-
sons, une femme lave du linge. Vers le fond,
plusieurs bateaux à voiles.

Charmant tableau du maître, d'un ton vigou-
reux et transparent.

Bois. Haut., 36 cent.; larg., 49 cent.

GREUZE

(JEAN-BAPTISTE)

22 — *Portrait de jeune femme.*

Vue jusqu'à la ceinture, les cheveux blonds
frisés, serrés par un ruban bleu orné de fleurs,
robe bleue décolletée, un fichu de gaze sur l'épaule
gauche.

Gracieuse peinture du maître.

Ce portrait est accompagné d'un autographe
de Greuze ainsi conçu :

Je certifie que dans l'année mil sept cent
quatre-vingt-onze, j'ai fait pour M. de Viette
le portrait de madame son épouse, plutôt par
amitié que par intérêt, lequel il me demande
pour sa propre jouissance, et je certifie de plus
que je me chargeai pour l'obliger de faire faire
par de Bréa, peintre en miniature, une copie
de ce même portrait pour être placée sur une
tabatierre qu'il destinait à son beau-père, desquels
objets ayant été livrés, il me remit à la même
époque trente-trois louis, dont vingt-cinq pour
le tableau et huit pour la copie.

Signé : GREUZE.

Ce 14 prairial an 9.

Toile ovale. Haut., 60 cent.; larg., 49 cent.

HEYDEN

(Attribué à VAN DER)

(PENDANT DU PRÉCÉDENT)

23 — *Le Château fort.*

Placé au centre, entouré de murs avec tours,
créneaux, etc. Sur le devant, un chemin; un
homme conduit une vache; une voiture près la
porte du château.

Signé en toutes lettres.

Bois. Haut., 35 cent.; larg., 43 cent.

HOLBEIN

(Attribué à HANS)

24 — *Portrait d'homme.*

Debout, vu jusqu'à la ceinture, la tête de trois
quarts tournée légèrement vers la droite, coiffé
d'une toque; couvert d'un ample manteau doublé
de fourrure; il tient ses gants et parait désigner
un objet avec la main droite; dans le fond, les
armes du personnage.

Très beau portrait.

Bois. Haut., 90 cent.; larg., 72 cent.

HOLBEIN

(Attribué à HANS)
PENDANT DU PRÉCÉDENT

25 — *Portrait de femme.*

Debout, vue à mi-corps, elle tient un chapelet,
la tête de trois quarts tournée vers la gauche;
coiffe blanche, vêtement noir garni de fourrure,
manches en velours grenat, chaîne d'or à la ceinture; dans le fond, ses armoiries.
Très beau portrait.

Bois. Haut., 90 cent.; larg., 72 cent.

HUET

(JEAN-BAPTISTE)

26 — *Sujet galant.*

Un jeune gentilhomme cause avec une jeune
femme assise sur un lit; un petit épagneul est
auprès d'elle.
Charmant petit tableau de l'artiste.
Signé et daté 1780.
Gravé par Chaponnier sous le titre de : Ce qui
est bon à prendre est bon à garder.

KEULEN

(JANSON VAN)

27 — *Portrait de jeune homme.*

En buste, la tête de trois quarts vers la gauche ;
cheveux blonds frisés, légères moustaches ; vêtement noir, col rabattu.
Très beau portrait.

Toile. Haut., 45 cent. ; larg., 37 cent

LARGILLIÈRE

(NICOLAS DE)

28 — *Portrait d'homme vu jusqu'à la cein-*
ture ; perruque poudrée.

Il est drapé dans un ample manteau de velours
grenat.

Toile. Haut., 83 cent. ; larg., 56 cent.

MAAS

(DIRCK)

29 — *Le Camp.*

Un officier fume assis devant sa tente causant
avec un cavalier qui tient un verre et se dispose

à boire ; à gauche, une servante prend du vin à un tonneau. Dans le fond, des chevaux ; des soldats font le siège d'une forteresse.

Toile. Haut., 45 cent.; larg., 50 cent.

MAAS
(NICOLAS)

30 — Les Laveuses.

Vigoureuse peinture.
Signée.

Bois. Haut., cent.; larg., cent.

MAAS
(NICOLAS)

31 — Portrait d'homme.

Signé en toutes lettres et daté.

Toile. Haut., cent.; larg., cent.

MALLET

32 — Le Lever.

Une jeune femme debout devant une cheminée ; près d'elle un petit guéridon où est posée une tasse de bouillon.

Toile. Haut., 24 cent.; larg., 18 cent.

MIEREVELT
(MICHEL-JEAN)

33 — *Portrait de femme âgée.*

Assise, vue jusqu'aux genoux ; robe noire, bonnet blanc empesé, petite collerette plissée ; vue de trois quarts, tournée vers la gauche ; la main droite posée sur le bras du fauteuil, tenant son mouchoir à la main gauche.

Dans le fond, ses armoiries.

Bois. Haut., 1 m. 03 cent.; larg. 83 cent.

MIGNARD
(PIERRE)

34 — *Portrait de femme.*

En buste, les cheveux blonds bouclés, robe décolletée, collier de perles autour du cou.

NATTIER
(J.-M.)

35 — *Portrait d'une des filles de Louis XV.*

En buste ; vêtue d'une robe décolletée ; les cheveux relevés, légèrement poudrés et ornés de fleurs.

Toile ovale. Haut., 46 cent.; larg., 38 cent.

ORRIZONTE

(VAN BLOEMEN, dit)

DEUX PENDANTS

36 — *Paysages coupés par des cours d'eau.*

Au premier plan, des personnages et des constructions en ruines.

Toiles. Haut., 55 cent.; larg., 90 cent.

ORLEY

(Attribué à BERNARD VAN)

37 — *Deux pendants, volets de triptyque.*

Dans le premier : un personnage agenouillé en prière, les mains jointes ; près de lui saint Jean.

Au dos du panneau, l'ange Gabriel.

Dans le second, saint Jean assis, drapé dans un manteau grenat, écrivant l'Apocalypse.

Au dos du panneau, la vierge en prière.

Bois. Haut., 1 m. 20 cent.; larg., 43 cent.

ORLEY

(Attribué à RICHARD VAN)

38 — *Le Jugement de Páris.*

Miniature sur vélin.

Haut., 18 cent.; larg., 14 cent.

ORLEY

(Attribué à RICHARD VAN)

39 — *Danaë recevant la pluie d'or.*

Miniature sur vélin.

Haut., 18 cent.; larg., 14 cent.

PARROCEL

40 — *Chasse au tigre.*

L'un des chasseurs blessé git sur le sol; le tigre
s'est jeté sur le cheval d'un des cavaliers le
déchirant avec ses griffes, d'autres cavaliers armés
de lances viennent attaquer l'animal.

Toile. Haut., 71 cent.; larg., 54 cent.

PILLEMENT

41 — *Paysage agreste.*

Au centre, deux bergers, un peu plus loin, un mulet chargé et quelques moutons.

A droite et au second plan, des rochers couverts d'arbustes.

Toile. Haut., 40 cent.; larg., 52 cent.

PRUD'HON

(Attribué à PIERRE-PAUL)

42 — *Daphnis et Chloé.*

La jeune femme debout s'appuie sur son amant qui est assis; elle pose timidement un pied dans un cours d'eau se disposant à entrer au bain. Dans le fond, un groupe en marbre représentant des danseurs.

Cette composition a été gravée par G. de Montaut.

Toile. Haut., 1 m. 72 cent.; larg., 1 m. 26 cent.

PRUD'HON

(Attribué à P.-P.)

43 — *Vénus et Adonis.*

La déesse est étendue, la tête de profil, regardant son amant avec tendresse, ils sont entourés de nombreux petits Amours.

La même composition avec variantes se trouvait à la vente après le décès de M. Auguiot. Elle est aujourd'hui la propriété de M. Richard Wallace.

Lithographie par Lami.

Toile. Haut., 1 m. 77 cent.; larg., 1 m. 30 cent.

PRUD'HON

(Attribué à P.-P.)

44 — *Psyché enlevée par des Amours.*

Psyché enlevée par des amours.

Répétition du tableau qui fait partie de la collection de Mme la comtesse de Sommariva.

Bois. Haut., 31 cent.; larg., 47 cent.

REGNAULT

(Le baron)

45 — *Jeune femme étendue sur un lit de repos.*

Toile. Haut., 31 cent.; larg., 47 cent.

RIBÉRA

46 — *Saint André pêcheur.*

La saint est vu à mi-corps drapé dans un manteau ; il tient un poisson.

Toile. Haut., 1 m.; larg., 75 cent.

RICCI

(SÉBASTIEN)

47 — *Le Triomphe de Diane.*

La déesse est au centre, assise sur un char, deux nymphes lui apportent des présents.

Cette composition est entourée de différents sujets de chasse.

Gracieuse peinture, modèle pour un plafond.

Toile. Haut., 68 cent.; larg., 80 cent.

RUYSDAEL

(JACQUES)

48 — *L'Approche de l'orage.*

Des bergers se reposent au pied d'un monticule éclairé par une éclaircie du ciel, un peu sur la gauche, une barrière en planches et un vieux

tronc d'arbre en partie dépouillé de son écorce ;
Au second plan, dans la pénombre, un villageois
au sommet d'un monticule ; un peu plus loin, des
moutons sous la garde d'un berger ; sur le devant,
une mare.

Superbe paysage du maître, signé en toutes
lettres.

Les figures peintes par Fragonard.

Provient des collections Delessert et Narisch-
kine.

Toile. Haut., 68 cent.; larg., 54 cent

RUYSDAEL

(JACQUES)

49 — *Le Torrent.*

Les eaux se précipitent au premier plan, for-
mant une écume blanche et entraînant des troncs
d'arbres renversés ; vers la droite, au second plan,
un pont de bois sur lequel on aperçoit un homme
et une femme portant des paquets ; à gauche, des
chênes, vers le fond, des sapins dont la cime
pointue se détache sur un ciel nuageux.
Signé du monogramme.

Toile. Haut., 68 cent.; larg. 54 cent.

RUYSDAEL

(Attribué à JACQUES)

50 — *Site norvégien.*

Un torrent coule entre des rochers; au second plan, des animaux sous la garde d'un berger; à gauche, une maison de bûcheron; vers le fond, un ilot boisé au-dessus duquel on aperçoit un moulin et le clocher d'une église.

Toile. Haut., 1 m. 02 cent.; larg., 1 m. 37 cent.

STORK

(ABRAHAM)

51 — *Port de mer avec monuments en ruines.*

Personnages au premier plan. Charmant petit tableau de la plus fine qualité.

Signé en toutes lettres et daté 1684 ou 1685.

Bois. Haut., cent.; larg., cent.

STRY

(JACQUES VAN)

52 — *Animaux au repos, dans un paysage.*

Vers le fond, un pêcheur au bord d'une rivière.

Toile. Haut., 40 cent.; larg., 50 cent.

TOURNIÈRES

(ROBERT)

53 — *Portrait de jeune femme.*

Vue à mi-corps, tournée vers la gauche et faisant signe du doigt; elle est vêtue d'une robe blanche décolletée, une écharpe en soie violette voltige autour de son corps.

Gracieux portrait.

Toile. Haut., 80 cent.; larg., 64 cent.

VALLIN

54 — *Jeune femme poursuivant un Amour.*

Gracieuse composition de forme ovale.

Toile. Haut. 41 cent.; larg., 33 cent.

VALLIN

55 — *Jeune femme nue, vue à mi-corps.*

Bois. Haut., 22 cent.; larg., 18 cent.

VERNET

(JOSEPH)

56 — *Un Coup de vent. (Naufrage.)*

Un bateau est venu se briser contre les rochers :
des pêcheurs secourent les naufragés. Effet du
soleil succédant à la bourrasque qui s'éloigne.

Vers le fond, un trois-mâts sort du port, se
dirigeant vers la pleine mer.

Peinture très fine, signée en toutes lettres et
datée 1751.

Haut.. cent.; larg., cent.

VÉRONÈSE

(Attribué à PAUL)

57 — *Léda et Jupiter.*

Belle répétition du tableau de la galerie d'Or-
léans.

Haut., 1 m. 20 cent.; larg., 93 cent.

WERFF

(ADRIEN VAN DER)

58 — *La Madeleine.*

Assise dans un paysage, appuyée sur un rocher,
une draperie bleue jetée sur ses genoux ; elle tient
une feuille de manuscrit ; à ses pieds, une tête
de mort.
Fond avec montagnes.

Cuivre. Haut., 40 cent.; larg., 28 cent.

WERFF

(ADRIEN VAN DER)

59 — *Allégorie.*

Un enfant nu couché auprès d'un bas-relief
regarde une bulle de savon qui s'élève au-dessus
de lui.

Cuivre. Haut., 23 cent.; larg., 28 cent.

ÉCOLE FRANÇAISE

60 — *Dalila livrant Samson aux Philis-
tins.*

Toile. Haut., 55 cent.; larg., 65 cent.

ECOLE FRANÇAISE

61 — *L'Enlèvement d'Europe.*

> Gracieuse composition d'après François Boucher.
> Dessus de porte.

> Toile. Haut., 81 cent.; larg. 1 m. 40 cent.

ÉCOLE FRANÇAISE

(XVIᵉ SIÈCLE)

62 — *Portraits de Gabrielle d'Estrées et de la duchesse de Villars, sa sœur.*

> Elles sont représentées au bain, nues et vues à mi-corps; dans le fond, on aperçoit le petit duc de Vendôme avec sa nourrice qui lui donne le sein.

> Toile. Haut., 56 cent.; larg., 70 cent.

ÉCOLE HOLLANDAISE

63 — *Portrait d'homme.*

> Toile. Haut., 56 cent.; larg. 45 cent.

ÈCOLE ITALIENNE

64 — *L'Adoration des bergers.*

Bois. Haut., 1 m. 12 cent., larg., 1 m. 45 cent.

ÈCOLE ITALIENNE

65 — *La Toilette de Vénus.*

Cuivre. Haut., 41 cent.; larg., 32 cent.

RED. :

23

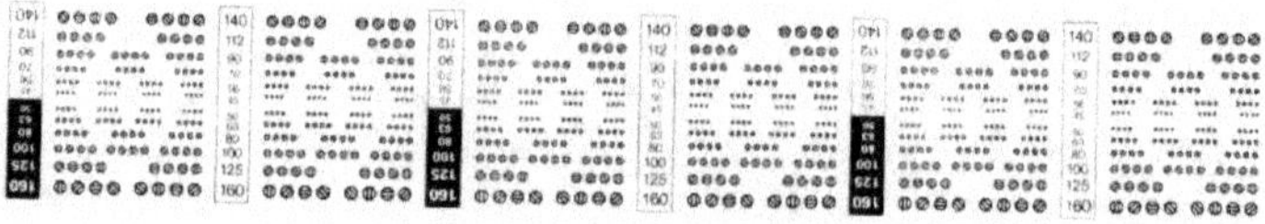

graphicom

0 1 2 3 4 5 6 7 8 9 10

MIRE ISO N° 1
NF Z 43-007
AFNOR
Cedex 7 - 92080 PARIS LA DÉFENSE